GUÉZOU

Pour Le Meilleur
et
Pour Le Rire

SALVATOR

ALBUMS DU MÊME AUTEUR

Tout ce que vous avez toujours voulu savoir sur les cathos sans jamais oser le demander, Presses de la Renaissance, 2009.
Si tu veux suivre Dieu, attache bien ton chameau, Presses de la Renaissance, 2011.
La vie de famille est un long fleuve tranquille, Salvator, 2012.
Faut pas prendre les enfants du Bon Dieu pour des canards sauvages, Salvator, 2012

OUVRAGES ILLUSTRÉS PAR GUÉZOU

En-quête sur Jésus-Christ : des témoins racontent…, de Thérèse Néel, Éd. des Béatitudes, 2004.
Paraboles d'un curé de campagne, de Pierre Trevet, 3 volumes, Éd. de l'Emmanuel, 2006, 2007 et 2011.
150 histoires sur Dieu, la vie, l'amour, les canards sauvages, de Pierre Trevet, Presses de la Renaissance, 2009.
Humour et vitamines pour notre couple, Éd. de l'Emmanuel, 2010.

© Éditions Salvator, 2013
Yves Briend Éditeur S.A.
103 rue Notre-Dame-des-Champs
F-75006 Paris

www.editions-salvator.com
contact@editions-salvator.com

ISBN : 978-2-7067-1017-9

Les voies de la Providence sont parfois frappantes

L'amour charnel ne comble pas toutes les attentes de l'âme

Rêver à deux

Construire un foyer solide : savoir ne pas brûler les étapes

La vie à deux, permet d'apprendre à se poser les bonnes questions au bon moment

Séparation difficile

Anniversaire de mariage

Un foyer béni ça peut faire des étincelles

L'ablation de la jalousie est une opération très délicate

La ponctualité : une exigence vitale pour la bonne santé du couple

C'est parfois reposant de ne pas pouvoir en placer une

Ne pas faire une montagne de nos divergences

L'autre est toujours le plus difficile à convertir

Les pièges récurrents des préparatifs de Noël

Tout ce qui brille…

…Tout ce qui brille…

… n'est pas d'or…

Même à deux, on traverse parfois de grands moments de solitude

Question-piège

Dans le dialogue, s'installer dans la fuite devient vite une position très inconfortable

La paix : il ne suffit pas de bien savoir en parler

La communication dans le couple

Fertilité contrôlée

Mon mari ronfle… et alors?

Mieux se connaître pour mieux se comprendre

La susceptibilité parasite la communication

Angoisses prénatales

Le pragmatisme, c'est important pour avancer ensemble, mais ça ne fait pas tout

Ne jamais faire l'économie du dialogue et du partage

« *Carêment* » motivée

L'outil informatique favorise et dynamise les échanges

Les réseaux sociaux : c'est l'entourage proche qui en paye l'addiction

Tri et détachement

Les nouvelles tentations au désert

Écran total

Ne pas confondre devoir d'état et devoir de réserve

Bonne entente et répartition des tâches, sources de paix

La vie à deux développe une très grande acuité à détecter la paille dans l'œil du voisin

La Providence nous déconcerte souvent, quand elle ne nous prend pas à contre-pied

Quand le côté pratique chez l'un heurte le côté esthétique chez l'autre et inversement

Le vivre-ensemble ce n'est pas du bricolage

Désir Maîtrisé

Qui a dit : « *Qu'importe le flacon, pourvu qu'on ait l'ivresse ?!…* »

L'Amour est une plante fragile.

Le couple ne se nourrit pas seulement de pain, d'amour et d'eau fraîche

Les peurs ancestrales et leur héritage intergénérationnel

Pardonnez-moi si je m'excuse…

Adam et Ève persistent toujours à piétiner les mêmes plates-bandes ;
c'est juste le véhicule qui change.

Les goûts et les couleurs dans le couple

Regrets

Les divisions sont le résultat de la multiplication de soustractions à ses propres devoirs élémentaires qui s'additionnent (mauvais calculs)

Combat spirituel dans le couple : l'importance d'être bien accompagné

Fête des parents 2

La télé-réalité ouvre généreusement les portes du vivre-ensemble d'autres couples
à toute la société pour toujours plus d'humanisme

Avec le temps… certaines incompréhensions peuvent prendre de sacrées proportions

Les conflits non résolus peuvent favoriser un imaginaire parfois peu avouable

Dans le « tout quitter » attention aux mirages

64

L'Amour ça ne coule pas de source ; ça s'entretient

On ne fait pas pousser les légumes en tirant dessus

Quand le diviseur est divisé…

Retrouvez Guézou sur son site:

www.guezou.fr

Certains dessins de cet ouvrage
ont fait l'objet d'une première publication
dans les revues *Famille chrétienne* et *Il est vivant*.

Cet ouvrage a été composé
par Atlant'Communication
au Bernard (Vendée)

Impression Corlet Imprimeur
en juin 2013
Dépôt légal : juin 2013
N° d'imprimeur : 155923